WRITTEN BY

Julia Donaldso|

ILLUSTRATED BY

David Roberts

Da Trow

TRANSLATIT INTA SHETLANDIC BY

Christine De Luca

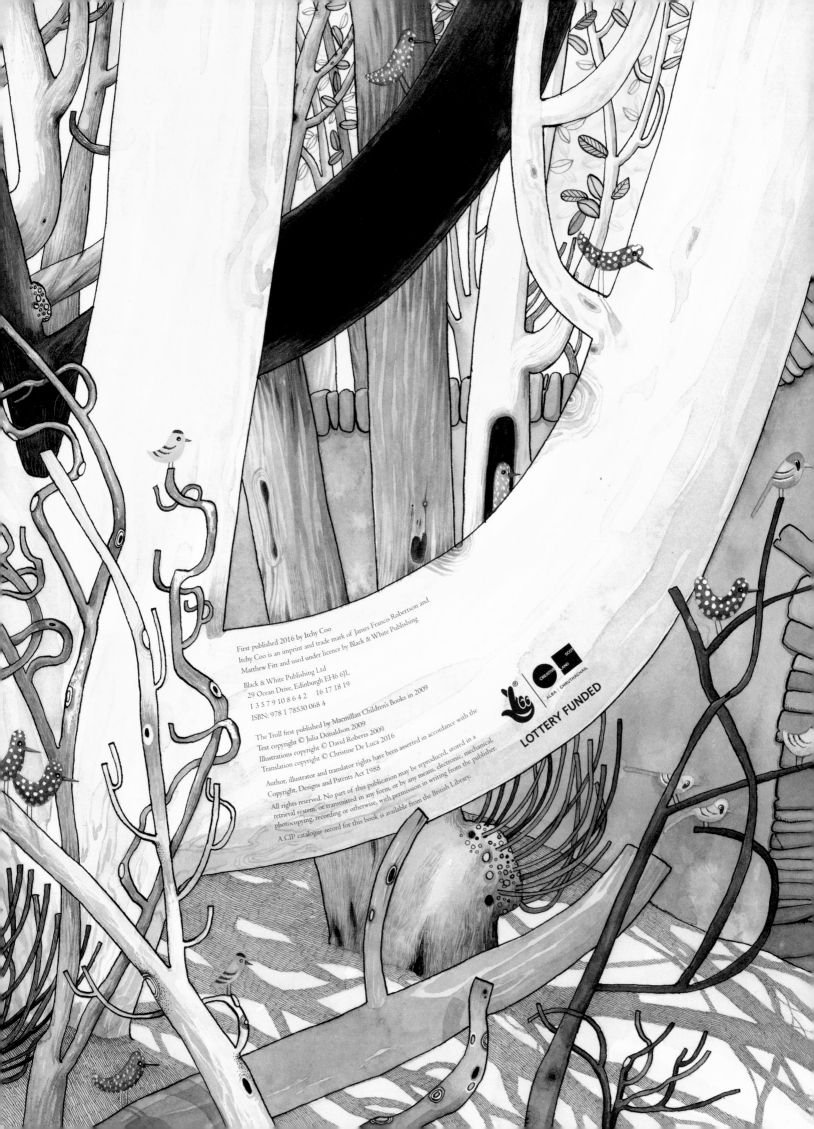

First published 2016 by Itchy Coo

Itchy Coo is an imprint and trade mark of James Francis Robertson and

Matthew Fitt and used under licence by Black & White Publishing

Black & White Publishing Ltd

29 Ocean Drive, Edinburgh EH6 6JL

1 3 5 7 9 10 8 6 4 2   16 17 18 19

ISBN: 978 1 78530 068 4

The Troll first published by Macmillan Children's Books in 2009

Text copyright © Julia Donaldson 2009

Illustrations copyright © David Roberts 2009

Translation copyright © Christine De Luca 2016

LOTTERY FUNDED

Dey wir eence a
trow at baed
anunder a brig.
(Maist trows bide in
hadds anunder hills.)

Aboot da sam time,
fram apö da far haaf,
dey wir some pirates dat
baed apön a ship.
(Dat's whaar pirates
is meant ta bide.)

Trows is supposed ta aet goats (dey say!)
But nae goats ivver cam tipperin
owre dis trow's peerie brig.
Sae he öt fish instead.

But ee moarnin, löin, he heard a coarn o
noise apön his brig. Up he jamp,
an he said whit
trows is meant ta say; dat's

"WHA'S YUN TIPPERIN OWRE MI BRIG?"

"A'm no tipperin ava, A'm skrovvelin," said a mintie black craitir. "An A'm a speeder."

"Oh, whittan a budder. I tocht du wis a goat," said da trow.

"Na - goats hae fur," said da speeder.

"Never leet, A'll aet dee onywye," said da trow. "Du'll mak a fine change fae fish."

"Oh please dunna glunsh me doon!" said da speeder. "Why do you no geeng farder doon da burn tae da neist brig? Hit's a far better brig for goats.

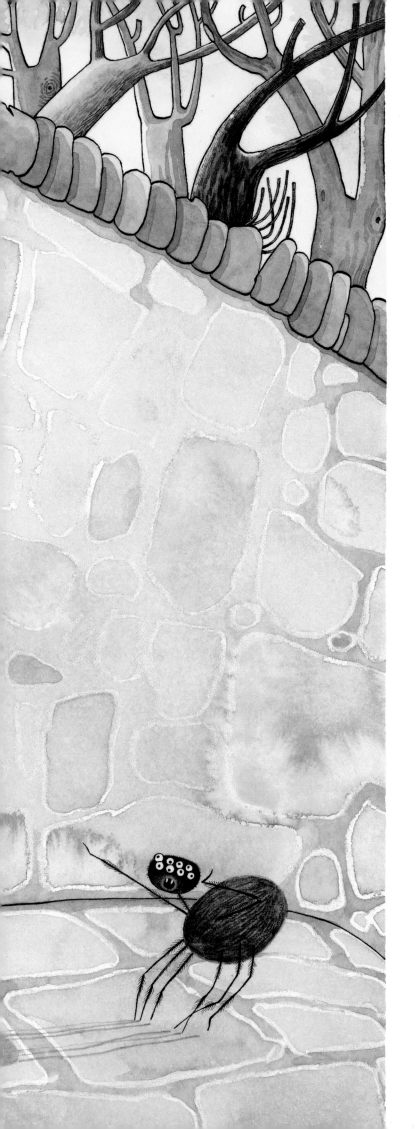

"Aa richt dan," said da trow.
Sae he packit up his fryin pan an
his cookery book, an stendit aff.

Pirates is supposed ta dell for treasure,
an dis pirates hed a treasure map
wi a rhyme apön hit.

Atween da palm tree an da rocks,
Six fit deep lies a treasure box.

Dey sailed an dey sailed till dey wan
tae a island.

"Dis da spot," said Hank Chief.
"Stert dellin!"

Da pirates delled an dey delled, but aa dey fan wis a ill-willied mole.

"Hit man be da wrang island," dey said.

Aa yun dellin wis med dem fantin.

Hit wis Ben Buckle's turn ta mak da maet. He med fish pie.

"Hit's clatchy," said Percy Patch.

"Hit's slöby," said Peg Polkadot.

"Whan we fin da gowld we can buy a decent cookery book," said Hank Chief.

An dey set sail again.

Da trow was set him anunder his new, middleen-sized brig, readin his cookery book. Aal o a sudden he heard a soond abön his head. Up he jamp.

"WHA'S YUN TIPPERIN OWRE MI BRIG?" he said in a gowsterit w

"A'm no tipperin, A'm skröflin," said a furry craitir. "An A'm a moose."

"Oh budder, I tocht du wis a goat," said da trow.

"Na - goats hae langer lugs," said da moose.

"Nivver leet, A'll glunsh dee doon onywye," said da trow. "A'm braaly scunnered wi fish."

"Oh please dunna aet me," said da moose. "Why do you no geeng doon tae da neist brig? Der goats traipsin owre dat een aa da time."

"Göd idee," said da trow, an he packit up his proil again an aff he stendit.

Aboot da sam time, da pirates wis fun anidder island.

Dey delled an dey delled, but aa dey fan wis a roosty aald pel wi a partan ithin hit.

"Hit's da wrang island again," dey said.

Dat nicht Percy Patch med da maet. He cookit fish soup.
(Weel, he boiled some fish.)

"Hit's foo a banes," said Ben Buckle.
("Whaar's da bruckie plate?")

"Hit's aafil saaty," said Peg Polkadot.

"If only we could fin da gowld, we could pay
for a proper cook," said Hank Chief.

Da trow wis cookin his fry o fish anunder his new, muckle brig whan he heard a dunder abön his head. Up he jamp.

"WHA'S YON TIPPERIN OWRE MI BRIG?" he routit an roared.

"A'm no tipperin, A'm loupin," said a craitir wi lang lugs.

"An A'm a kyunnen."

"Oh lummie, I tocht du wis a goat," said da trow.

"Na - goats hae clivs," said da kyunnen.

"Nivver leet, A'll glunsh dee doon onywye," said da trow.
"Onythin's better as fish."

"Oh, please dunna aet me," said da kyunnen. "Why do you no walk doon tae da neist brig? Der a screed o goats traipsin owre dat een."

"Feth, is du sure?" aksed da trow. Eence mair he packit up, an aff he stendit.

Aboot da sam time da pirates wis dellin apön a new island.
Dey delled an better delled, but aa dey fan wis a aald rubber böt
wi a böl for creepie-craalies ithin hit.

"We'll nivver fin da richt island," dey said.

Dat nicht hit wis Peg Polkadot's turn ta mak da maet. Shö med fishcakes.

'Der claggy," said Ben Buckle.

'Der gritty wi saand," said Percy Patch.

Hank Chief hüld his wheesht.
He wis fully trang spewin owre
da side o da ship.

Da trow's burn cam to be wider an wider.
Dan hit whet bein a burn an hit flowed inta da sea.
Da trow fan himself apön a straand, fine an saandy.

"Der nae idder brig," he said.
"Dat kyunnen wis ill-trickit."
But he scrimed some cliv marks i da saand.

"A goat at last!" he cried. He skoitit aboot him,
but he couldna see ony goats. "Nivver leet –
hit'll laekly come back damoarn," he said.
Da trow followed da cliv marks . . .

Dey led tae a spot atween a
heich palm tree an twa muckle steyns.

"I ken!" he tocht. "A'll dell a höl.
Dan damoarn da goat 'll faa inta hit
an I can aet him."

Da trow delled an delled wi his
fryin pan. Jöst whan he tocht da
höl was deep enyoch
da pan strack somethin herd.
Hit wis a graet muckle kyist.

"Jöst richt," said da trow. "I can
hoid in here an keep me waarm.
Danwhan da goat faas inta da höl
A'll oppen da lid an gluff him."

He liftit da lid. Da kyist wis
foo o roond gowld things.

"Dis nae ös ta me," he said,
an he balled dem aa inta da sea.
Dan he climmed inta da kyist
an laid him doon.

"Damoarn I can hae goat for
brackfast instead o fish!"
he tocht as he neebit aff.

Hit wis dark whan da pirates wan tae da neist island.

"Dis da spot," said Hank Chief.

"But someen's bön dellin here already!" said Ben Buckle.

"Dunna say der fun da treasure afore wis!" said Percy Patch.

"Na, luik! Here hit is!" cried Peg Polkadot.
Da kyist wis heavy.
"Hit man be foo o gowld!" said Hank Chief. "Quick!
Back ta da ship afore onyboady stops wis!"

Da trow wis waakened bi a undömious bang.

"Dat's mi brakfast faain inta da höl," he tocht.

But whit wye wis da kyist dirlin an swaanderin aboot?
An whit wye wis da lid oppenin?
Shurley goats couldna oppen lids?

Da lid oppened wide. Glowerin doon apö da trow wis fowr tirn pirates.

"Whaar's da gowld?" shoutit Hank Chief.

"I – I – balled hit inta da sea," said da trow.

"Da plank! Da plank!" roared Ben Buckle an Percy Patch. "Mak him walk da plank!"

Da neist meenit, da pirates wis shivvin
him apön hit.

"WHA'S YUN TIPPERI.

"WRE MI PLANK?" skympit Hank Chief.

"A'm no tipperin, A'm oagin,"
said da trow in a peerie pleepsit voice.
"An A'm a trow."

He wan tae da end o da plank.
His knees wis knockin.

"LOUP!"

yalled da pirates.

But wi dat, Peg Polkadot cam rinnin.

"Hadd on!" shö screcht. "A'm fun
somethin idder i da kyist!"
In ee haand shö hüld da trow's
fryin pan. I da tidder haand shö hüld
his cookery book.

"White!"

shoutit Hank Chief.

He luikit at da trow in a fairly new lich.
"Can du cook?" he aksed.
"Dat I can," said da trow an "YA!"
shoutit da pirates.

"Dan du can bide,"
said Hank Chief.

"Oh! Bliss you!" said da trow, an he
oagit back alang da plank.
"Whan will I stert?"

"Noo," said Hank.

Da pirates shaad da trow da
ship's keetchin. Da trow grinned.
He turned tae da page he laekit da best
in his cookery book.

"Will I mak wis a fine goat stew?"
he aksed.

"Goat? GOAT? But pirates dunna
aet goat!" said Hank Chief. "We want
whit pirates is supposed ta aet."

"An whit micht dat be?" aksed da trow.

"Fish,"

said da pirate chief.